Título original en gallego: *A casa da mosca chosca*

Colección **libros para soñar**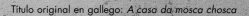

© del texto: Eva Mejuto, 2002
© de las ilustraciones: Sergio Mora, 2002
© de esta edición: Kalandraka Editora, 2016
Rúa de Pastor Díaz n.º 1, 4.º A - 36001 Pontevedra
Tel.: 986 86 02 76
editora@kalandraka.com
www.kalandraka.com

Impreso en Gráficas Anduriña, Poio
Primera edición: noviembre, 2002
Séptima edición: enero, 2016
ISBN: 978-84-8464-143-8
DL: PO-539-02

FSC
www.fsc.org
MIXTO
Papel procedente de
fuentes responsables
FSC® C104983

LA CASA DE LA MOSCA FOSCA

Adaptación de
EVA
MEJUTO
a partir del cuento popular ruso

Ilustraciones de
SERGIO
MORA

Kalandraka

Había una vez una **MOSCA FOSCA**
que vivía en el bosque.

Harta de zumbar y dar vueltas sin parar,
decidió hacer una casa.

— Podré dormir en la cama,
podré estar muy calentita,
preparar ricos pasteles
y recibir mil visitas.

Y, manos a la obra, la **MOSCA**
construyó una bonita casa.

Para inaugurar su hogar
preparó una rica tarta de moras.
Su aroma se esparció por todo el bosque.

Y puso **SIETE** banquetas
y **SIETE** platos en la mesa.
No cabía nada más.

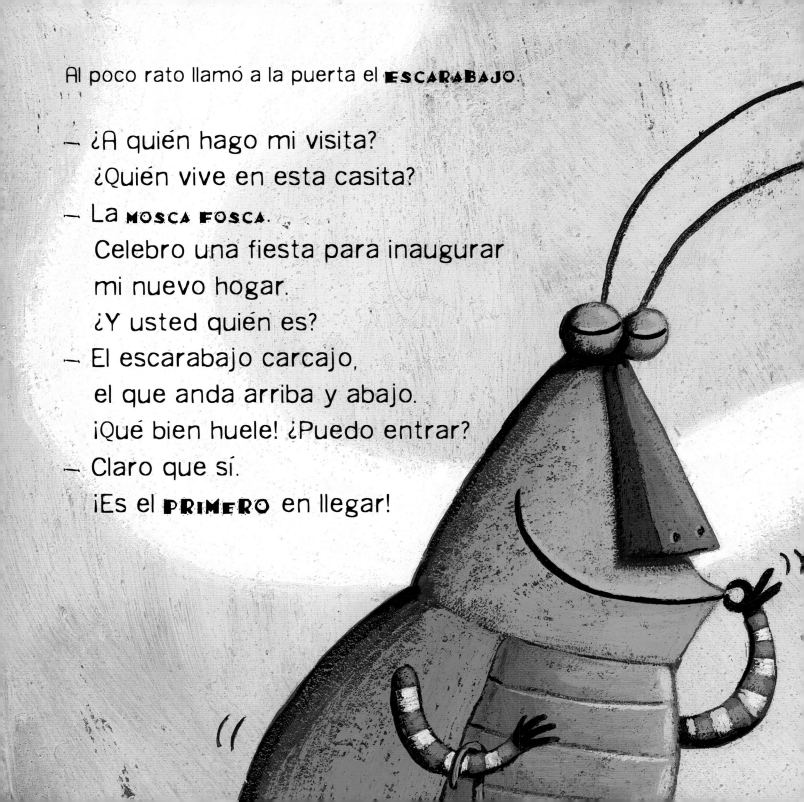

Al poco rato llamó a la puerta el **ESCARABAJO**.

— ¿A quién hago mi visita?
  ¿Quién vive en esta casita?
— La **MOSCA FOSCA**.
  Celebro una fiesta para inaugurar
  mi nuevo hogar.
  ¿Y usted quién es?
— El escarabajo carcajo,
  el que anda arriba y abajo.
  ¡Qué bien huele! ¿Puedo entrar?
— Claro que sí.
  ¡Es el **PRIMERO** en llegar!

Y muy contentos los DOS

decidieron merendar.

Pero cuando iban a empezar, pasó por allí el **MURCIÉLAGO**.
Miró la casa, olisqueó la tarta y llamó a la puerta.

— ¿A quién hago mi visita?
 ¿Quién vive en esta casita?
— La **MOSCA FOSCA**
 y el escarabajo carcajo.
 ¿Y usted quién es?
— El murciélago piélago,
 que vive en el archipiélago.
 Tengo hambre. ¿Puedo entrar?
— Claro que sí.
 ¡Es el **SEGUNDO** en llegar!

Y muy contentos los **TReS**

decidieron merendar.

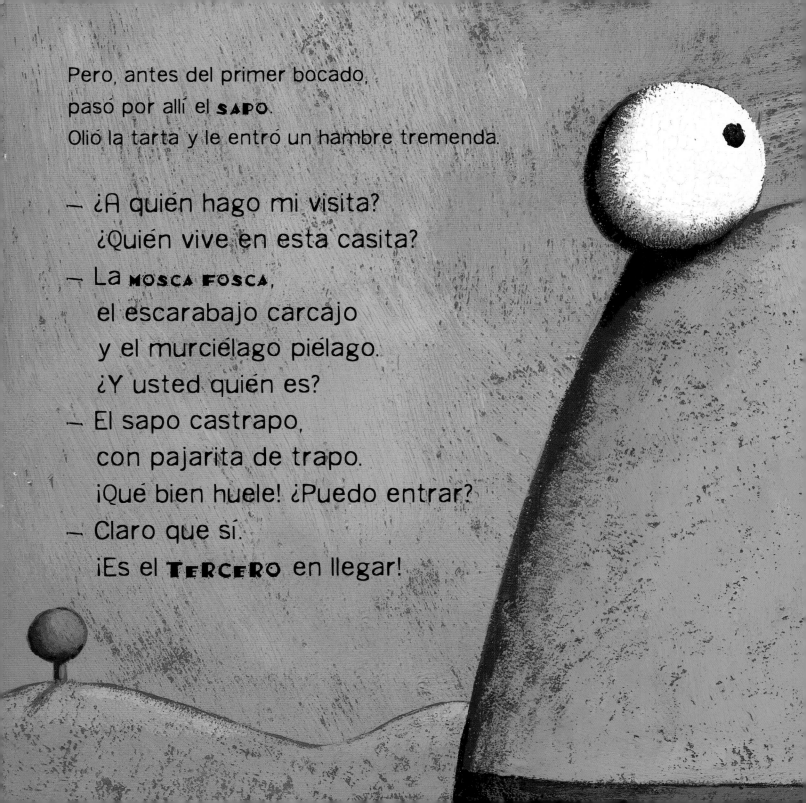

Pero, antes del primer bocado,
pasó por allí el **SAPO**.
Olió la tarta y le entró un hambre tremenda.

— ¿A quién hago mi visita?
   ¿Quién vive en esta casita?
— La **MOSCA FOSCA**,
   el escarabajo carcajo
   y el murciélago piélago.
   ¿Y usted quién es?
— El sapo castrapo,
   con pajarita de trapo.
   ¡Qué bien huele! ¿Puedo entrar?
— Claro que sí.
   ¡Es el **TERCERO** en llegar!

Mas cuando iban a comenzar,
pasó por el bosque la LECHUZA.
Vio la casa, oyó la fiesta y se acercó.

— ¿A quién hago mi visita?
  ¿Quién vive en esta casita?
— La MOSCA FOSCA,
  el escarabajo carcajo,
  el murciélago piélago
  y el sapo castrapo.
  ¿Y usted quién es?
— La lechuza trapuza,
  con mi bolso de gamuza.
  ¡Vaya fiesta! ¿Puedo entrar?
— Claro que sí.
  ¡Es la CUARTA en llegar!

Y muy contentos los **CINCO** decidieron merendar.

Pero cuando iban a empezar,
pasó por allí la RAPOSA.
Olió el pastel y se animó a entrar.

— ¿A quién hago mi visita?
  ¿Quién vive en esta casita?
— La MOSCA FOSCA,
  el escarabajo carcajo,
  el murciélago piélago,
  el sapo castrapo
  y la lechuza trapuza.
  ¿Y usted quién es?
— La raposa chistosa,
  y me río por cualquier cosa.
  ¡Qué tarta más exquisita!
  ¿Puedo entrar?
— Claro que sí.
  ¡Es la QUINTA en llegar!

decidieron merendar.

Pero, cuando iban a probar el pastel,
pasó por allí el **LOBO**.
Con el aroma del dulce,
se le hizo la boca agua
y llamó a la puerta.

— ¿A quién hago mi visita?
  ¿Quién vive en esta casita?
— La **MOSCA FOSCA**,
  el escarabajo carcajo,
  el murciélago piélago,
  el sapo castrapo,
  la lechuza trapuza y
  la raposa chistosa.
  ¿Y usted quién es?
— El lobo rebobo,
  y mi nariz es como un globo.
  ¡Qué pastel tan suculento!
  ¿Puedo entrar?
— Claro que sí.
  ¡Es el **SEXTO** en llegar!

Y muy contentos los **SIETE** decidieron merendar.

Cuando por fin iban a probar el pastel,
apareció por allí el OSO. Llevaba toda la tarde
buscando moras y no había encontrado ninguna.
Vio la casa, oyó la fiesta y pensó:
«¿Por qué no me han invitado?
¿Acaso se han olvidado?».

Y llamó a la puerta.

— ¿A quién hago mi visita?
　 ¿Quién vive en esta casita?
— La MOSCA FOSCA,
　 el escarabajo carcajo,
　 el murciélago piélago,
　 el sapo castrapo,
　 la lechuza trapuza,
　 la raposa chistosa
　 y el lobo rebobo.
　 ¿Y usted quién es?

YO SOY EL OSO CHISPERO,
MUY GLOTÓN Y PENDENCIERO.
Y EL RICO DULCE DE MORA
ME LO COMERÉ... ¡AHORA!

Y, colorín colorado, este cuento se ha acabado... ¡de un bocado!